KB075482

여름 언덕에서 배운 것

여름 언덕에서 배운 것

안희연 시집

창비

차
례

제 1 부

불이 있었다

그는 날이 제법 차다는 생각을 했다
그리고 조금 외롭다고도

오늘은 불을 피워야지
그는 마른 장작을 모아다 불을 피웠다

불아 피어나라 불아
노래를 흥얼거리며

누구도 해치지 않는 불을
꿈꾸었다

삼키는 불이 아니라 쬘 수 있는 불
태우는 불이 아니라 쬘 수 있는 불

이런 곳에도 집이 있었군요
사람들이 하나둘 모여들고
호주머니 속 언 손을 꺼내면
비로소 시작되는 이야기

손금이 뒤섞이는 줄도 모르고

해와 달이 애틋하게 서로를 배웅하고
울타리 너머 잡풀이 자라고
떠돌이 개가 제 영혼을 찾아 집으로 돌아가는 동안

아직 태어나지 않은 내가
내 안에서 죽은 나를 도닥이다 잠드는

불은 꺼진 지 오래이건만
끝나지 않는 것들이 있어
불은 조금도 꺼지지 않고

소동

밀가루를 뒤집어쓰고 거리로 나왔다
슬픔을 보이는 것으로 만들려고

어제는 우산을 가방에 숨긴 채 비를 맞았지
빗속에서도 뭉개지거나 녹지 않는 사람이라는 것을 말하
려고
통통 부은 발이 장화 밖으로 흘러넘쳐도
내게 안부를 묻는 사람은 없다

비밀을 들키기 위해 버스에 노트를 두고 내린 날
초인종이 고장 나지 않았다는 것을 말하기 위해
자정 넘어 벽에 못을 박던 날에도

시소는 기울어져 있다
혼자는 불가능하다고 말한다

나는 지워진 사람
누군가 썩은 씨앗을 심은 것이 틀림없다
아름다워지려던 계획은 무산되었지만

어긋나도 자라고 있다는 사실

기침할 때마다 흰 가루가 폴폴 날린다
이것 봐요 내 영혼의 색깔과 감촉
만질 수 있어요 여기 있어요

긴 정적만이 다정하다
다 그만둬버릴까? 중얼거리자
젖은 개가 눈앞에서 몸을 턴다
사방으로 튀어오르는 물방울들

저 개는 살아 있다고 말하기 위해
제 발로 흙탕물 속으로 걸어들어가길 즐긴다

굴뚝의 기분

너는 꽃병을 집어 던진다
그것이
망가질 대로 망가진 네 삶이라는 듯이

정오
너는 주저앉고
보란 듯이 태양은 타오른다

너는 모든 것이 너를 조롱하고 있다고 느낀다
의자가 놓여 있는 방식
달력의 속도
못 하나를 잘못 박아서 벽 전체가 엉망이 됐다고

그러거나 말거나
너의 늙은 개는 집요하게 벽을 긁고 있다

거긴 아무것도 없어
칼을 깎는 사과는 없어
찌르면 찌르는 대로

도려내면 도려내는 대로

우리는 살아가야 하고
얼굴은 빗금투성이가 되겠지
돌이켜보면 주저앉는 것도 지겨워서

너는 어둠 위에 어둠을 껴입고
괜찮아 괜찮아, 늙은 개를 타일러
새 꽃병을 사러 간다

깨어진 꽃병이 가장 찬란했다는 것을 모르고
심장에 기억의 파편이
빼곡히 박힌 줄도 모르고

업힌

산책 가기 싫어서 죽은 척하는 강아지를 봤어

애벌레처럼 둥글게 몸을 말고
나는 돌이다, 나는 돌이다 중얼거리는 하루

이대로 입이 지워져버렸으면, 싶다가도
무당벌레의 무늬는 탐이 나서
공중을 떠도는 먼지들의 저공비행을
유심히 바라보게 되는 하루

생각으로 짓는 죄가 사람을 어디까지 망가뜨릴 수 있을까
이해받고 용서받기 위해
인간이 저지를 수 있는 최대치란 무엇일까

화면 속 강아지는 여전히 죽은 척하고 있다
꼬리를 툭 건드려도 미동이 없다

미동, 그러니까 미동
불을 켜지 않은 식탁에서 밥을 물에 말아 먹는 일

이 나뭇잎에서 저 나뭇잎으로 옮겨가는 애벌레처럼
그저 하루를 갉아 먹는 것이 최선인

살아 있음,
나는 최선을 다해 산 척을 하는 것 같다
실패하지 않은 내가 남아 있다고 믿는 것 같다

애벌레는 무사히 무당벌레가 될 수 있을까
무당벌레는 자신의 무늬를 이해하고 용서할 수 있을까

예쁜 걸 곁에 두면 예뻐질 줄 알고
책장 위에 차곡차곡 모아온 것들

나무를 깎아 만든 부엉이, 퀼트로 된 새 인형, 엽서 속 검은
고양이, 한쌍의 천사 조각상이
일제히 나를 쳐다보는 순간이 있다
나는 자주 그게 끔찍해 보인다

내가 달의 아이였을 때

나는 시간과 마주 앉아 있었다. 그것은 색색의 털실 뭉치. 그중 하나를 골라 풀어내는 것이 내 일.

오늘따라 유난히 긴 털실을 집었다. 온종일 풀어도 끝이 없었다. 매듭이 너무 많아서 손이 아파요, 할아버지. 흘깃 이쪽을 바라보던 할아버지는 늘 신중해야 한다고 당부하셨다.

할아버지는 뭔가를 쪼개고 있었다. 아가야, 나는 이것을 작게 만들어야 한단다. 그리고 아주 깊숙한 곳에 감추어야 하지. 어디가 깊은 곳인데요? 얘야, 지척에. 흘러가버리는 순간순간에. 그것은 눈부시게 빛났지만 육안으로는 잘 보이지 않았다.

털실은 강물 같았다. 굽이굽이 흘러가는 모습은 아름다웠다. 보기에 좋아야 한단다 아가야, 허물 수 없다면 세계가 아니란다. 털실의 길이는 제각기 달랐지만 어떤 뭉치든 빛과 어둠의 총량은 같았다.

강둑에서 벽돌 하나를 빼내는 상상. 멀리서 큰물이 오고 있을 때. 실수였다고 미안하다고 말하는 상상을 자주 했다. 긁히고 찢긴 손을 달빛에 씻을 땐 알 수 없는 눈물이 흘렀고

하루 일과를 끝낸 뒤엔 그네를 탔다. 그곳에서 내려다본

지상에서 어둠을 향해 막 걸음마를 떼는 사람이 보였다.

면벽의 유령

여름은 폐허를 번복하는 일에 골몰하였다

며칠째 잘 먹지도 않고
먼 산만 바라보는 늙은 개를 바라보다가

이젠 정말 다르게 살고 싶어
늙은 개를 품에 안고 무작정 집을 나섰다

책에서 본 적 있어
당나귀와 함께 천국에 들어가기 위한 기도*
빛이 출렁이는 집

다다를 수 있다는 믿음은 길을 주었다
길 끝에는 빛으로 가득한 집이 있었다

상상한 것보다 훨씬 눈부신 집이었다
우리는 한달음에 달려가 입구에 세워진 팻말을 보았다
가장 사랑하는 것을 버리십시오
한 사람만 들어갈 수 있습니다

늙은 개도 그것을 보고 있었다
누군가는 버려져야 했다

기껏해야 안팎이 뒤집힌 잠일 뿐이야
저 잠도 칼로 둘러싸여 있어
돌부리를 걷어차면서

다다를 수 없다는 절망도 길을 주었다
우리는 벽 앞으로 되돌아왔다

아주 잠깐 네가 죽었으면 좋겠다고 생각했어
늙은 개를 쓰다듬으며

나는 흰 벽에 빛이 가득한 창문을 그렸다
　너를 잃어야 하는 천국이라면 다시는 가지 않겠다고 다짐
했다

　* 프랑시스 잠.

오후에

그가 집을 나설 때
그는 문 앞에서 배웅을 했다
늘 살피며 다니세요
새가 집을 짓기 위해 지푸라기를 물어다 나르는 마음을
생각하세요

그는 그를 보내고 들어와
의자에 앉아 창밖을 바라본다
금방이라도 눈이 올 것 같은 스산한 날씨다

내가 눈을 기다렸던가
그랬을지도 모른다고 그는 생각했다
멀리 가야 하는 사람을 생각하면 걱정이 앞서지만

그는 겨울에 태어난 사람이니까 차라리 잘된 일이라는 생
각도 든다
겨울에 태어난 사람이 겨울로 걸어가는 풍경은 아름답다

느리지도 빠르지도 않은 걸음으로 그는 걷고

눈은 내리고 내리고
의자도 그를 조금씩 삼키는 것 같다
어떤 오후는 영원토록 끝나지 않는다

겨울은 길고 혼자인 그는 적적함을 느낀다
마지막 사람이 된 것 같은 기분이 든다
두리번거리다 한생이 끝난 것 같다고
중얼거리는 두 눈은 호두알처럼 변해간다

그가 망치를 들고
그의 눈을 깨러 오는 꿈을 꾸었다

금방이라도 눈이 올 것 같은 스산한 날씨다
오후가 되자 그가 의자에서 일어나 그를 배웅한다

모두 한사람이다
죽은 사람이다

망종

며칠 만에 돌아온 그는 어딘가 변해 있었다 눈동자에는 밤의 기운이 가득했다

대체 어딜 다녀온 거예요?

그는 말없이 서서 한참 동안 볕을 쬐더니 앞으로는 돌을 만지는 사람이 되어야겠다고 했다

다음 날부터 그는 돌을 주워 오기 시작했다 그는 거의 모든 시간을 돌과 보냈다 마당에는 발 디딜 틈 없이 돌이 쌓여 갔고

그는 자주 돌처럼 보인다 나는 그가 돌이 되어버릴까봐 겁난다

눈부시게 푸른 계절이었다 식물들은 맹렬히 자라났다 누런 잎을 절반이 넘게 매달고도 포기를 몰랐다

치닫지 않으면 사랑이 아니라는 듯

이제 그는 거의 돌이 되었다 이따금 사람들이 집으로 찾아와 나의 안부를 살핀다 푸른 잎을 매단 화분이며 꽃을 가져온다

　이제 그만 그를 보내고 삶 쪽으로 걸어나오라는 말을 한다

선잠

그는 나의 잠 속까지 따라왔다 신발에는 흙이 잔뜩 묻어 있었고

밤마다 어딜 그렇게 다니는 거예요 물어도 겨울을 나기 위해선 장작이 더 필요하다고만 말한다

장작은 이미 충분해요 생각만큼 겨울이 긴 것도 아니고요 나는 따뜻한 차를 내어주었다 그가 몸을 좀 녹였으면 했다

그를 녹이려던 것은 아니었는데

그의 얼굴엔 수심이 가득하다 그는 텅 비어 보인다 한모금 한모금 마실 때마다 모래성이 허물어지듯 그가

녹는다 식탁 위엔 덩그러니 찻잔만 남아 있다

나는 깨어 있는 사람인가요 잘 깨어 있는 사람인가요 찻잔을 만지작거리며

철로의 입장에서 보면 기차는 무서운 반복일 뿐이에요 말
한다

낮게 나는 새들이 있고 그보다 낮을 수 없는 마음이 있고

누군가 나를 흔드는 것 같다

밤새 이마에 물수건을 올려주었노라고
돌아오지 못할까봐 겁이 났었노라고

미동

나무 한그루를 베어 왔다
이 숲엔 나무가 차고 넘치니까 한그루쯤은 괜찮겠지
그날 일을 완전히 잊었다 달고 긴 잠을 잤다

그 숲을 떠올린 건 방 안에서 낯선 소리를 들었을 때였다
삭삭
삭삭
일정한 간격을 두고 무언가 베는 소리가 들려왔다

잘못 들었겠지

무심히 돌아누웠다 어둠 속에서 칼이 번뜩였다

밤은 아침을 가로막고 서 있었다
썩은 부분을 도려내려는 손처럼 집요하게

나는 그날의 벌목을 떠올렸다
나무 한그루가 사라진 자리와 다른 나무가 이토록 많지
않으냐는 위안,

너무 늦게 그곳으로 갔다 숲에는 수백개의 나무둥치만 남아 있었다

　뒤덮을 흙이라면 충분했다 얼마든 달아날 수도 있었다

　그러나 똑똑히 보았다 숲은 날개 없는 새가 되어갔다 날아오르려다 주저앉고 날아오르려다 주저앉는 소리 때문에

　한밤중에도 우두커니 앉아 있을 때가 많았다 이 숲을 완성하지 않으려고 애를 썼다

마중

보트를 타고 십분만 가면 어마어마한 반딧불이 부락이 있다고 했다

지척에 그런 곳이 있어요?

우리는 곧장 보트에 오르려 했지만 더 어두워져야 한다고 했다

물가에 앉아 어둠이 찾아오기를 기다렸다 제멋대로 상상하는 일은 즐거웠다

평생을 기어다녀야 하는 뱀; 그건 너무 전형적이지 않아?
슬플 때마다 뾰족해지는 송곳니; 그건 너무 낭만적인데?

우리는 검은 천으로 뒤덮인 상자 안으로 손을 밀어넣으며 손의 기분을 헤아렸다

말캉거리는 것들이 만져졌다
길 잃은 양을 봤어 홀로 숲속을 헤매다 늑대를 만났는데

저도 모르게 와락 끌어안더라
　　나는 다락을 열었는데 거기 흙 묻은 얼굴이 들어 있었어

　　그런 상상은 영혼을 할퀴었다
　　하늘 전체가 불길로 뒤덮일 때도 있었다

　　그런데 우리가 여기서 무얼 기다리고 있지?
　　왜 여기 남겨진 거지?

　　빛의 살점 같은

　　제법 깊은 곳까지 떠내려왔다고 생각했는데
　　아직은 출발할 수 없다고 했다

연루

　당신에게는 사슴 한마리가 있다 당신은 그 사실을 알지
못하지만
　사슴은 오래전 당신을 찾아왔고 당신 곁에서 죽을 것이다

　사슴은 색이 없고 무게가 없지만 자주 붉은 사슴이 되고
　며칠씩 사라졌다 돌아올 때가 많다 무언가를 찾아 헤매는
것 같다

　오늘도 사슴은 홀로 잡목 숲을 떠돌고 있었다 숲에는 하
염없이 비가 내렸고
　이윽고 사슴은 덫에 걸리고 말았다 먼 곳을 뚫어져라 바
라보며 쇠구슬 같은 눈물을 뚝뚝 흘린다
　그곳에 무언가 있다는 듯이
　처음이 아니라는 듯이

　그 순간 당신은 비에 대한 낯선 기억 하나를 갖게 된다
　소매엔 까닭 모를 흙이 묻어 있다

덫에 걸린 사슴의 발이 검게 썩어들어갈 때

당신은 수없이 지나다니던 방문턱에 걸려 넘어지고
붉을 대로 붉어진 사슴이 절뚝이며 당신에게로 돌아올 때
당신은 수백개의 신발이 강물에 떠내려오는 꿈을 꾼다

당신이 잠에서 깨어날 때 사슴은 빛 속으로 빨려들어간다
당신은 그 사실을 알지 못하지만
아침 햇빛을 보면 자주 무릎이 꺾인다 자꾸만 무언가를
잃어버렸다는 생각이 든다

알라메다

우리는 공원을 산책 중이었다 공원이 끝나는 곳에 근사한 호수가 있다는 이야기를 들었다 호수를 본 사람들은 한결같이 혀를 내둘렀다 살면서 그런 호수는 처음 보았다고 도대체 어떤 호수이기에 그러냐고 물어도 묘사할 수 없다고 했다 직접 가보는 수밖엔 없었다

호수에 이르는 길은 수십가지였다 우리는 공원 초입에서 지도를 챙겼다 최단 거리를 살펴보았지만 모든 길의 소요 시간은 똑같았다 나는 기억의 동굴을 지나는 길을, 그는 반딧불이의 숲을 지나는 길을 특히 마음에 들어 했다 우리는 각자 흩어졌다가 호수에서 만나기로 했다

기억의 동굴은 입구가 낮았다 그곳에 들어가려면 고개를 조금 숙여야 했는데 마치 어떤 시간을 향한 인사 같았다 동굴은 기억의 조도를 조절하듯 서서히 어두워졌고 서서히 밝아졌다 가장 깊은 어둠에 다다랐을 땐 낯선 기억 하나가 떠오르기도 했는데 곰곰 생각해봐도 직접 겪었던 일은 아니었다

그건 누구의 기억이었을까 골똘히 동굴을 빠져나오자 어리둥절한 표정의 그가 서 있었다 지도상으로는 여기가 분명했지만 호수는 어디에도 없었다 그때 노란 나비 한마리가 눈앞을 스쳐 지나갔다 나비가 내려앉은 곳에 손바닥만 한 호수가 있었다

우리는 쪼그려 앉아 호수를 보았다 묘사할 수는 없지만 그것은 아름다웠고 처음 보는 빛으로 가득했다 호수를 곁에 두고 우리는 전에 없던 대화를 나누었다 반딧불이의 숲은 어땠어? 어떤 반짝임에 대해, 지켜지지 않은 약속에 대해 생각할 수 있는 길이었어 그런데 너는 어렸을 때 어떤 아이였어? 네 최초의 기억은 뭐야? 같은,

집으로 돌아온 뒤에도 우리는 종종 호수 이야기를 했다 마음속에서 호수는 점점 커져갔다 어떤 날엔 세상 전체가 호수로 보일 때도 있었다 슬픔이 혹독해질수록 그랬다

사랑의 형태

버리려고 던진 원반을 기어코 물어 온다
쓰다듬어달라는 눈빛으로
숨을 헐떡이며 꼬리를 흔드는

저것은 개가 아니다
개의 형상을 하고 있대도 개는 아니다

자주 물가에 있다
때로는 덤불 속에서 발견된다
작고 노란 꽃 앞에 쪼그려 앉아
다신 그러지 않을게, 다신 그러지 않을게
울먹이며 돌아보는

슬픔에 가까워 보이지만 슬픔은 아니다
온몸이 잠길 때도 있지만
겨우 발목을 찰랑거리다 돌아갈 때도 있다

물풀 사이에 숨은 물고기처럼
도망쳤어도 어쩔 수 없이 은빛 비늘을 들키는

풀리지 않는 매듭이라 자신했는데
이름을 듣는 순간 그대로 풀려버리는

깊은 바닷속 잠수함의 모터가 멈추고
눈 위에 찍힌 발자국들이 소리 없이 사라진다

냄비 바닥이 까맣게 타도록 창밖을 바라보는 사람에게는
언제나 등 뒤에 있는
이 모든 것

추리극

천사, 영혼, 진심, 비밀……
더는 믿지 않는 단어들을 쌓아놓고

생각한다, 이 미로를 빠져나가는 방법을

나는 아흔아홉마리 양과 한마리 늑대로부터 시작되었고
그 이유를 아는 이는 아무도 없다

매일 한마리씩, 양은 늑대로 변한다
내가 아흔여덟마리 양과 두마리 늑대였던 날
뜻밖의 출구를 발견했다
그곳은 누가 봐도 명백한 출구였기 때문에
나가는 순간 다시 안이 되었고

화살표가 가리키는 곳을 더는 믿지 않기로 했다
미로는 헤맬 줄 아는 마음에게만 열리는 시간이다

다 알 것 같은 순간의 나를 경계하는 일
하루하루 늑대로 변해가는 양을

불운의 징조라고 여기는 건
너무 쉬운 일

만년설을 녹이기 위해 필요한 건 온기가 아니라 추위 아
닐까
안에서부터 스스로 더 얼어붙지 않으면

불 꺼진 창이 어두울 거라는 생각은 밖의 오해일 것이다
이제 내겐 아흔아홉마리 늑대와 한마리 양이 남아 있지만
한마리 양은 백마리 늑대가 되려 하지 않는다

내 삶을 영원한 미스터리로 만들려고
한마리 양은 언제고 늑대의 맞은편에 있다

제 2 부

자이언트

이건 진부한 이야기야
영혼에 대한 이야기거든

강물에 초를 띄우고
풍등을 날리고
납을 녹여 한해의 운을 점치고*

그게 뭐든 잃어버린 것이 있어
창가를 떠나지 못하는 사람들에 관한 이야기

동화는 말하지
작고 빛나는 것들은 곧잘 사라진다고
그래서 작은 줄로만 알았어
우리의 영혼이라는 것도

침대 밑을 휘적거리면
딸려나오는 건 먼지 뭉치가 전부였으니까
훨씬 더 작구나
작고 작아서 눈으로는 볼 수 없구나 생각했지

그런데 쿵,
유리창에 부딪친 새를 봤어
투명할 뿐 분명히 존재하는 세계를 봤어

새를 기절시킨 부위
영혼의 엉치뼈거나 무릎께였을지도 모른다고

지금껏 왜 작다고만 생각했을까
올려다봐도 얼굴이 안 보일 만큼 큰 것일 수도 있는데

쉬지 않고 움직이는 구름들
너머의 얼굴을 상상한다

죽은 나무에서만 자라는 버섯들
기억하기를 멈추는 순간, 어둠 속으로 빨려들어가는 방
어제 놓친 손이 오늘의 편지가 되어 돌아오는 이유를
이해해보고 싶어서

뒤로 더 뒤로 가보기로 한다
멀리 더 멀리 가보기로 한다

너무 커다란 우리의
영혼을 조망하기 위해

<hr />

* 블라이기센. 12월 31일이면 납을 녹여 그림자의 형태나 굳은 모
  양을 보고 새해의 운을 점치는 독일의 풍습.

여름 언덕에서 배운 것

온전히 나를 잃어버리기 위해 걸어갔다
언덕이라 쓰고 그것을 믿으면

예상치 못한 언덕이 펼쳐졌다
그날도 언덕을 걷고 있었다

비교적 완만한 기울기
적당한 햇살
가호를 받고 있다는 기쁨 속에서

한참 걷다보니 움푹 파인 곳이 나타났다
고개를 들자 사방이 물웅덩이였다

나는 언덕의 기분을 살폈다
이렇게 많은 물웅덩이를 거느린 삶이라니
발이 푹푹 빠지는 여름이라니
무엇이 너를 이렇게 만든 거니

언덕은 울상을 하고서

얼마 전부터 흰토끼 한마리가 보이질 않는다 했다

그뒤론 계속 내리막이었다
감당할 수 없는 속도로 밤이 왔다
언덕은 자신에게
아직 토끼가 많이 남아 있다는 사실을 모르지 않았지만

고요 다음은 반드시 폭풍우라는 사실
여름은 모든 것을 불태우기 위해 존재하는 계절이라는 사
실도
모르지 않았다

우리가 잃어버린 것이 토끼일까
쫓기듯 쫓으며

나는 무수한 언덕 가운데
왜 하필 이곳이어야 했는지를 생각했다

가고 있다는 사실만으로도 어떤 시간은 반으로 접힌다

펼쳐보면 다른 풍경이 되어 있다

빛의 산

눈이 멀 것이라 했다 되돌아오는 길이 없다고 했다 빛의 산에 관해 알려진 건 그것이 전부였다

우리는 다른 세상으로 가고 싶었다 빛의 산이 최후의 보루일지도 몰랐다 등 뒤에는 상해버린 시간들 우리는 앞만 보고 걸어갔다

좁고 가파른 길이었다 몇몇은 주저앉았다 이 질문은 무게가 없어요 이런 슬픔으로는 어디에도 닿을 수 없어요 그런 말들에 발이 묶인 채

한치 앞도 보이지 않아 펼쳐지는 풍경이 있었다

어떤 이는 마을을 뒤덮는 해일을 보았다 했다 어떤 이는 집을 부수는 포클레인을 보았다 했다 어떤 이는 강물 위를 떠가는 검은 외투를, 어떤 이는 팔랑팔랑 돌아가는 바람개비를……

누구에게나 공평한 빛 속에서 우리는 각자의 시간으로 흘

어져갔다

이야기는 거기서 막혔다 나는 책상에 앉아 있었다 이번에
도 실패로 끝났군 다른 입구를 찾아야겠어

더욱 날카로운 방법이 필요했다 침묵을 앞세우고도 걸었
다 계절을 날씨를 달리해도 번번이 가로막히고 말았다

그리고 문틈으로 스며드는 빛을 보았다 아주 가까이에 있
는 빛을 보았다

빛의 산이 멀리 있다는 생각 때문에 한번도 들어가보지
못했다는 사실을 깨달았다

역광의 세계

버려진 페이지들을 주워 책을 만들었다

거기
한 사람은 살아 있을지도 모른다는 생각을 하면
한 페이지도 포기할 수 없어서

밤마다 책장을 펼쳐 버려진 행성으로 갔다
나에게 두개의 시간이 생긴 것이다

처음엔 몰래 훔쳐보기만 할 생각이었다
한 페이지에 죽음 하나*
너는 정말 슬픈 사람이구나
언덕을 함께 오르는 마음으로

그러다 불탄 나무 아래서 깜빡 낮잠을 자고
물웅덩이에 갇힌 사람과 대화도 나누고
시름시름 눈물을 떨구는 가을
새들의 울음소리를 이해하게 되고

급기야 큰 눈사태를 만나
책 속에 갇히고 말았다

한 그림자가 다가와
돌아가는 길을 일러주겠다고 했다

나는 고개를 저었다
빛이 너무 가까이 있는 밤이었다

* 다니엘 포르.

내가 달의 아이였을 때

매일 아침 바구니를 들고 집을 나선다

빛기둥 아래 놓인 색색의 유리구슬
갓 낳은 달걀처럼 따뜻한 그것을 한가득 담아 돌아오면

할아버지는 유리구슬을 넣어 빵을 굽는다
빵 하나에 구슬 하나
모양은 제각각이지만 향긋하지 않은 것은 없다

실수로 구슬 하나를 떨어뜨린 날
할아버지께 호되게 혼이 났다
아가야, 저 침묵을 보거라
한 사람이 영원히 깨어나지 못하게 되었구나

흩어진 유리 조각 틈에서
물고기 한마리가 배를 뒤집고 죽어 있었다

손그릇을 만들어 물고기를 담으니
기린처럼 목이 길어졌다

할아버지, 영원은 얼마나 긴 시간이에요?
파닥거릴 수 없다는 것은

빛나는 꼬리를 보았다
두 눈엔 심해가 고여 있었다

층층이 빵을 실은 트럭이
지상을 향해 가는 동안

한없이 길어진 목으로
삶이 되지 못한 단 하나의 영원을 생각했다
손톱 밑에 박힌 유리 조각을 빼내고 싶지 않았다

내가 달의 아이였을 때

할아버지의 책상에서 낡고 두꺼운 노트를 발견했습니다
그 안에는 알 수 없는 이름들이 빼곡히 적혀 있었고

나는 그 목록의 이유를 물었습니다
어찌할 수 없는 이름들이라 했습니다

부품이 하나 부족했나요?
이를테면 심장 같은,

할아버지는 오래된 이름 하나를 가리키며
나는 그에게 세번의 어둠과 수천번의 알록달록한 기억을
주었노라 말했습니다
그러나 그는 겨우 첫번째 어둠 앞에서 허물어졌다고 했습
니다
아들을 앞세워 보내고 너무 큰 상심에 잠긴 나머지
인적 드문 산길에서 발을 헛디뎠다고

그에게 백일홍 꽃밭과 반딧불이 부락을 주었고
따뜻한 햇살을 비추며 괜찮다, 괜찮다 속삭였지만

삶과 죽음을 가르는 건 단 한걸음 차이였다고 했습니다
설탕이 물에 녹는 것처럼 간단한 일이라고도 했습니다

저마다의 이유가 있으나 결국 마지막은 이렇습니다
꽃잎이 시들어 떨어지듯이
얼굴이 얼굴을 하나하나 떼어버리고
신발 속에서 발이 쪼그라들고

씨앗처럼 작아진 사람이 구름으로 떠오릅니다
멀리멀리 흘러갑니다 만지면 따뜻할 것 같습니다

그들은 어쩌다 인간으로 태어났을까요?

할아버지는 정성껏 다음 씨앗을 심으며 말했습니다
나도 인간의 모든 비극을
예측할 순 없었노라고

거짓을 말한 사람은 없었다

우리는 숲을 빠져나가는 중이었다 밧줄이 있었으므로 완전한 공포는 피할 수 있었다 손에 쥘 무언가가 있다는 것 끝을 알 수 없는 절망에 기대어

모든 것이 제자리로 돌아가기를 꿈꾸고 있었다 낮은 낮대로 사방에서 까마귀떼를 날려 보냈고 밤은 밤대로 파헤쳐진 무덤을 꺼내놓았다 누군가는 그런 기척이라도 있어 다행이라며 글썽거렸고 누군가는 저주받고 있다고 느꼈다

우리가 고양이 목에 방울을 달 순 없을 겁니다 오랜 정적을 깨는 목소리가 있었다 밧줄은 두갈래로 갈라졌다 몇몇은 동의의 의미로 갈라져나온 밧줄을 잡았고

목적지가 같다면 만날 수 있겠지, 짧은 인사를 끝으로 멀어져갔다

무리는 점차 줄어들었다 밧줄이 갈라질 때마다 밧줄의 힘도 나날이 강력해져갔다 손안에서 가루가 되어 바스러질 때도, 뱀으로 변해 팔다리를 휘감을 때도 있었다 이곳은 아까

그 길이 아닙니까 밧줄을 버리고 달아나도

　숲은 영원히 도착을 몰랐다 무덤을 파헤치던 사람들은 수
시로 까마귀가 되어 날아올랐다 어떤 마음이 이 숲을 만들
었을까, 중얼거리며

　멀리서 이 모든 것을 내려다보는 사람이 있었다 슬픔으로
파르르 떨리는 그의 손엔 사슬 같은 밧줄이 쥐어져 있었다

불씨

발파대가 도착한 것은 어제 오후였다 처음 그것은 작고 흔한 돌멩이에 불과했지만 돌멩이에 걸려 넘어지는 사람이 속출하자 예상치 못한 위협을 지니게 되었다

사람들은 돌멩이를 보는 즉시 인적 드문 곳으로 옮겼다 강물에 던졌다는 사람도 있었고 숲이나 동굴에 가져다 버렸다는 사람도 있었다 그것은 무게가 거의 느껴지지 않을 만큼 가벼운 돌이었지만

바로 그 가벼움 때문에 수시로 굴러다녔다 잠시만 한눈을 팔면 이미 걸려 넘어진 뒤였다

사람들은 협의 끝에 발파대를 불렀다 돌멩이를 본 발파대는 황당하다는 눈치였다 고작 이런 돌멩이 하나 때문에 저희를 부르신 겁니까

발파는 식은 죽 먹기였다 그러나 발파가 끝나고 돌아가는 길 그들은 그들이 부순 것과 똑같은 돌에 걸려 넘어지고 말았다

돌멩이는 하나가 아니었다 불안은 동심원처럼 퍼져나갔
다 돌 하나를 부수기가 무섭게 다시 돌 하나를 내려놓는 손
이 있다면

사람들은 적의에 차서 닥치는 대로 돌멩이를 부수기 시작
했다 무릎이 까지고 신발이 더러워져도 신경 쓰지 않았다
무엇을 위해 부수는지도 모른 채

그들은 부숴야 할 돌멩이를 찾아 헤맸다 돌 하나를 부수
기 위해 집 전체를 부숴야 할 때도 많았지만

돌멩이가 넘어뜨린 것이 자신의 사랑이고 인생이라고 생
각하면 어려울 것이 없었다

표적

얼음은 녹기 위해 태어났다는 문장을 무심히 뱉었다
녹기 위해 태어났다니
어떻게 그런 말을 할 수 있었을까

녹고 있는 얼음 앞에서
또박또박 섬뜩함을 말했다는 것
굳기 위해 태어난 밀랍초와
구겨지기 위해 태어난 은박지에 대해서도

그러려고 태어난 영혼은 없다
그러려니 하는 마음에 밟혀 죽은
흰쥐가 불쑥 튀어나올 때가 있다

흰쥐, 한마리 흰쥐의 가여움
흰쥐, 열마리 흰쥐의 징그러움
흰쥐, 수백마리 흰쥐의 당연함

질문도 없이 마땅해진다
흰쥐가 산처럼 쌓여 있는 방에서

밥도 먹고 잠도 잘 수 있게 된다

없다고 생각하면 없는 거라고
어른이 된다는 건 폭격 속에서도
꿋꿋이 식탁을 차릴 줄 아는 거라고

무엇이 만든 흰쥐인 줄도 모르고
다짐하고 안도하는 뒤통수에게

넌 죽기 위해 태어났어
쓰러뜨리기 위해 태어난 공이 날아온다
당연한 말이니까 아파할 수 없어
불길해지기 위해 태어난 까마귀들이
전신주인 줄 알고 어깨 위에 줄지어 앉기 시작한다

지배인

그들은 우리에 갇혀 있던 도마뱀을 풀어주었고
내게 선물처럼 가위를 건넸다

너는 착한 아이란다 꼬리를 자르며 놀아보렴

도마뱀 가위 나
가위 나 도마뱀
나 도마뱀 가위

우리는 꼭짓점처럼 있다

그들은 나를 달래듯이 말한다
착한 아이야, 도마뱀의 꼬리는 다시 자란단다
그건 믿음이 아니라 사실이지

도마뱀 가위 나
가위 나 도마뱀
나 도마뱀 가위

시계 초침 소리가 천둥소리처럼 들린다
꼬리를 자르지 않으면 못된 아이가 될 것 같다

어떤 말을 할 수 있을까
이미 시작된 폭풍에 대해서
파헤쳐진 땅과 씨앗에 대해서

창 밖과 안의 시간은 같지 않다
시간의 힘을 믿는 것만으로는 충분하지 않다

잘린 꼬리는 도마뱀인가요, 도마뱀이 아닌가요?
영혼이라는 말은 불에 가까운가요, 물에 가까운가요?
질문을 시작했을 때

너, 정말로 착한 아이구나
그들이 기특하다는 듯 웃는다
입으로는 웃고 있지만 눈으로는 조금도 웃지 않는다

단란

모두들 바늘구멍을 보고 있다. 각자의 낙타를 데리고 어떻게 그곳을 통과할지에 대해.

첫번째 사람은 말했다. 필요한 것은 시간이라고. 그는 바늘구멍이 잘 보이는 곳에 작은 움막을 짓기 시작했다. 말뚝에 묶인 낙타가 큰 눈을 끔뻑거렸다.

두번째 사람은 말했다. 모든 것은 마음먹기에 달려 있다고. 그는 흰 접시에 붉은 토마토 한알을 올리듯 낙타를 제단으로 데려갔다. 칼도 불도 장작도 모든 것이 충분했지만 정작 마음은 먹을 수 없었다.

세번째 사람은 말했다. 이럴 때 필요한 것은 농담이라고. 그는 자신의 낙타에게 나비 탈을 씌워놓았다. 가끔 낙타는 자신이 나비인 줄 알고 팔랑팔랑 날아다닌다고 했다.

알량한 속임수일 뿐입니다. 네번째 사람의 낙타는 팔다리가 구겨진 채로 작은 상자 안에 담겨 있었다. 매주 상자의 크기를 줄여나가는 중입니다. 훈련밖에는 답이 없습니다.

다섯번째 사람은 그 모습을 보고 눈물 흘렸다. 그의 낙타는 너무 많이 울어서 얼굴이 지워져 있었다.

　바늘구멍 속 세계는 눈부시게 아름다웠다. 아무리 생각해도 죽음밖에는 길이 없어요. 여섯번째 사람이 일곱번째 사람에게 텅 빈 호주머니를 뒤집어 절망을 꺼내 보일 때.

　일곱번째 사람은 다시 첫번째 사람이 된다. 낙타를 가져본 적도 없는 사람들이.

폭풍우 치는 밤에

나무가 부러졌다는 소식이 전해졌다
수호신처럼 마을 입구를 지키던 나무였다

사람들은 부러진 나무를 빙 둘러싸고 서서
각자의 시간을 떠올린다
소망과 악담, 비밀을 한데 모으면 한그루의 나무가 되었다

무엇이 나무를 부러뜨린 거지?
기껏해야 밤이었는데
우리가 미래나 보루 같은 말들을 믿지 않았던 게 아닌데

슬픔의 입장에서 보면 나무는 묶인 발이다
그제야 주먹을 꽉 쥐고 있던 나무가 보였다

바람이 나무를 흔들었다고 생각해?
나무는 매일같이 바람을 불러 자신을 지우고 있었어
발이 없어서가 아니라
너무 많은 마음이 매달려 있어서

기억의 입장에서 보면 나무는 잠기거나 잘린 얼굴이다
간절히 씻고 싶었을 얼굴을 생각한다

가끔의 정원

나타난다, 내가 가장 투명해졌을 때
슬픔 속으로 난 길을 따라
한참을 걸어들어왔을 때

이곳에선 모든 게 절반뿐이다
머리끝부터 발끝까지 새빨간 새, 삐걱거리는 벤치, 앙다
문 입술 같은 구름들……
누군가 그리다 만 그림 속 같다
줄기와 잎사귀는 선명하지만 어디에도 꽃은 없다

꽃 없는 꽃도 꽃이라고 부를 수 있을까
질문에 휘감기는 사이 한 소녀가 다가와 쪽지를 건넨다
"이곳에 나를 묻어줘"
목은 선명하지만 얼굴이 없어서

나는 자꾸만 소녀의 얼굴을 상상하게 되고
꽃은 꽃으로만 피는 것이 아니라는 생각을 하게 된다

나머지 세계를 그려보기로 한다

벤치의 절반은 돛단배
구름의 절반은 파도
그러면 벤치를 하늘에 띄울 수 있다
하늘의 절반은 이미 바다가 되어 있다

이제 소녀를 태울 차례
꽃의 절반은 새에게
새의 절반은 꽃에게
스미게 하고

피어오른 새와 날아가는 꽃 사이에서
소녀가 적어준 주소지를 펼쳐본다

"얼굴 없인 아무 곳으로도 갈 수 없어요"
벼락같은 소녀의 말은 비가 되어 내리고 내리고

하나가 없으면 실은 전부 없는 것이라는 듯
모든 것을 처음으로 되돌려놓았다

붉은 새가 새의 끝까지 날아간다면
가장 붉은 새가 될까 붉음을 벗을까

나는 산 것도 죽은 것도 아닌 사람이 된다
앉을 수도 설 수도 없는 마음이 된다

에프트

나는 이곳*의 포플러나무를 좋아합니다
때로는 보랏빛으로 칭얼거리고
때로는 선홍빛으로 얼굴을 붉히는

저들과 눈 맞추고 있으면
죽은 자는 서서히 생전에 그가 바라보던 나무로 변하고 있
었다**던
어느 시인의 문장이 불현듯 이해되곤 합니다

어느 밤 꿈엔 포플러나무의 음성을 들었습니다
몸을 일으켜 에프트강 가로 나가보니
나무마다 붉은 천이 묶여 있었습니다
곧 나무들이 베어져 목재상으로 팔려갈 것이라고 하더군요

나는 아직 그 나무들을 그릴 마음의 준비가 되지 않았는데
비록 내가 나무 너머를 그린다 한들 나무가 없다면 그게 다
무슨 소용이겠습니까
나는 그 즉시 목재상으로 달려가
얼마간의 시간을 얻어낼 수 있었습니다

붓을 들었다 내려놓는 일이 계속되었습니다
바람이 불 때마다 붉은 천이 무섭게 흔들렸습니다
나는 이 불길을 멈출 길이 없는데
그림 속으로 나무의 영원을 옮겨온다 한들 그것이 무슨 힘이
있겠습니까

나는 내내 물컵에 담긴 귀를 상상했습니다
그것이 모든 소음을 빨아들이도록 했습니다

에프트의 포플러나무는 에프트에만 있다는 사실
오늘의 포플러나무는 오늘의 색으로 빛나고
유예된 죽음만이 내게 하루치의 물감을 허락하는 것이기에

밤이 되면 포플러나무는
온갖 색을 끌어안고 잠들어 있습니다
불안과 평온을 오가며

우리는 함께 이동 중입니다

거울 속에는 아직 그곳에 도착하지 않은 내가 있고
이곳의 나는 자꾸만 희미해져갑니다

* 모네 「바람 부는 날, 포플러나무들 연작」의 배경이 된 지베르니
  의 에프트 강변.
** 카를 크롤로브 「숨어 기다리는 금붕어」.

나는 평생 이런 노래밖에는 부르지 못할 거야

죽은
밝힌

눈만 그리면 완성될 그림을
수천장 가지고 있는 사람

서랍을 열면 황금빛 새가
죽은 듯이 잠들어 있고

모두가 새의 황금빛을 이야기할 때
죽은 듯이라는 말을 생각하느라 하루를 다 쓰는 사람

내게는 그런 사람이 많다

창밖이 너무 환해 몸을 일으키지 못하고
너머의 너머를 바라보느라 진흙 속으로 빨려들어가는 사람

씨앗이라고 생각했다면 영원히 캄캄한
비밀이라고 믿어왔다면 등 뒤에서 나타나 당신을 할퀴는

소란스러운 기억이 얼굴을 만든다
파묻힌 발을 쓰다듬으면 그들의 목소리가 들려온다

도착을 모르는 시계 앞에서
물거품처럼 사라질
이야기 이야기

시

사실은 흰 접시에 대해 말하고 싶었는데
흰 접시의 테두리만 만지작거린다

너는 참 하얗구나
너는 참 둥글구나
내게 없는 부분만 크게 보면서

흰 접시 위에 자꾸만 무언가를 올린다
완두콩의 연두
딸기의 붉음
갓 구운 빵의 완벽과 무구를

그렇게 흰 접시를 잊는다 도망친다

흰 접시는 흰 접시일 뿐인데
깨질 것이 두려워 찬장 깊숙이 감추어놓고

흰 접시를 돋보이게 할 테이블보를 고르다가도
이게 다 무슨 소용이람

언제든 깨버리면 그만이라는 듯이 말한다

듣고 있었을 텐데

그럴 때 이미 깨져버린 것
깨진 거나 다름없는 것

*

오래전 내게 흰 접시가 있었어
어느 새벽 안개 자욱한 호숫가에서 발견된 총 이야기를
하듯이
흰 접시에 관해 말할 때가 있다

흰 접시는 애초에 존재하지도 않았던 것처럼
흰 접시를 그리워하느라 평생을 필요로 하는 삶

그건
다행일까 불행일까

영혼 없이

1

어딘들
어디에나
어디서도

그런 말들을 조약돌처럼 가지고 노는 하루가 있다

영혼 없이
시를 쓰고 싶은 날

2

내 안의 어린 시인에게 묻는다
── 작고 날렵하고 갉아 먹는 것을 떠올려보렴
내가 생각했던 답은 죽음이었지만
어린 시인은 별 고민 없이 다람쥐라고 말한다

어쩜 그리 단순하고 상상력이 없냐고
나는 어린 시인을 꾸짖는다
비 온 뒤의 풀 냄새가 사람의 마음에 어떤 일을 저지르는지
돌 안에서 돌이 짓고 있을 표정을 상상해본 적이 있냐고

— 시를 환상 속에 두지 마세요
어린 시인은 단호히 말한다
쓰러진 물컵 속에는 물 외엔 아무것도 없다
슬픔이나 절망 같은 건 더더욱 없다

3

영혼 없이 적은 문장에는 영혼이 없는가
나는 턱을 괴고 창밖을 본다

바퀴 없이 굴러가는 자전거나
심지 없이 타오르는 초처럼

없어도 있는
귀가 아닌 눈으로 들어야 하는

4

창밖은 흐리고
번개와 천둥이 차례로 지나간다
빛으로 오는 마음과 소리로 오는 마음은 제각각이지만
하나의 몸 하나의 날씨라는 듯

어린 시인이 떠나간 자리엔
어린 시인이 남아 있다

다람쥐와 죽음은 왜 다르지 않은지
영혼 없이 시를 쓰려는 계획은 왜 무산될 수밖에 없는지

풍선 장수의 노래

그가 걸어오네
양손 가득 풍선을 들고

"저기 풍선 장수가 나타났다!"
아이들은 앞다투어 몰려들지만
그가 풍선을 파는 법은 없네

"이 황금과 맞바꿉시다"
"원한다면 내 집이라도 내어드리리다"
그의 풍선은 너무 아름다워
모두의 이목을 집중시키지만
그는 오직 노래만 한다네
텅 빈 하늘을 향해

죽음의 천사여 나는 당신이
이 땅에서 거두어가지 못한 것을
쥐고 있다네

그의 목소리가 허공으로 울려 퍼질 때

풍선들은 고갯짓하며 장단을 맞추네
마치 그 안에 영혼이라도
담긴 것처럼

그는 언제나 같은 자리를 맴도네
그를 이끄는 것은 발이 아니라네
누군가의 마지막 숨
놓을 수 없는 시간이 그의 손에 들려 있어서

죽음의 천사여
여기 담긴 것은 공기가 아니라네
먼 곳의 바람도 비밀도 아니라네

종양을 주렁주렁 매단 나무처럼

그 풍경은 너무나 아름다워
보는 이를 눈물짓게 한다네

그의 발끝은 언제나 조금 들려 있네

금방이라도 죽음에 빨려들 것처럼

생선 장수의 노래

내 손을 거쳐간 펄떡임을 기억합니다
먼바다의 이야기를 싣고
뜬눈으로 도착한 손님들
이제 나는 아무 동요 없이 그들의 목을 내려칠 수 있습니다

누군가는 나를 발골의 귀재라 부릅니다
움푹 팬 도마나 휘어진 칼을 자랑처럼 내보이기도 하지요
그러나 피 묻은 장화를 보려 하는 이는 없어요
내가 더이상 누구의 눈도 들여다보지 않는 것처럼

한때는 수천의 심장을 따로 모아 기도를 올린 적도 있지요
다음 생엔 부디 너 자신으로 태어나지 말아라
내가 주는 것이 안식이라는 믿음
시간은 무자비하게 나를 단련시켰고

어쩌면 자비였을 수도 있겠군요
적어도 영혼이라는 말은 믿지 않게 되었으니까요

그런데 왜 꿈속에선 심해를 헤엄치게 될까요

머리를 내려칠 때마다, 심박수가 파도를 만들어낸다는 목소리가

　꼬리를 내려칠 때마다, 물살을 가르고 나아가라는 목소리가

　멈추질 않고

　손에선 비린내가 가시지 않습니다

　어떤 물을 마셔도 바닷물을 받아 마신 듯 입이 쓰고 갈증이 납니다

　아침저녁으로 피를 씻어내는 일이 나의 묵상입니다

　하지만 무엇으로도 씻기지 않는 것들이 끝내 나이겠지요

　지금껏 나는 수없이 나를 죽이고

　토막 난 자신을 마주해왔던 건지도 모르겠습니다

내가 달의 아이였을 때

할아버지께서 노래를 찾아오라고 하셨다
　　　어떤 노래를요?
그건 차차 알게 될 거라고
해가 지기 전에는 돌아와야 한다고 하셨다

가벼운 마음으로 집을 나섰다
이윽고 문지기를 만났다
　　　노래를 찾으러 왔어요
　　　신발을 벗어주면 문을 열어주지
나는 문지기에게 신발을 벗어주었다
문밖에는 아무것도 없었다

맨발로 터벅터벅 걸어갔다
이윽고 양 치는 목동을 만났다
　　　노래를 찾으러 왔어요
　　　너의 그 근사한 외투를 벗어주면 양의 노래를 들려주지
잠시 고민하는 사이
목동은 눈 깜짝할 사이에 외투를 벗겨 달아났다

오들오들 떨며 달의 분화구를 향해 갔다
거기서 잠시 추위를 달랠 요량이었다
그곳엔 행색이 초라한 사내가 정신을 잃고 쓰러져 있었다
     아저씨, 일어나보세요 저는 노래를 찾으러 왔어요
     얘야, 나도 노래를 찾아 수백년을 걸어왔지만
     노래는 어디에도 없고 이제 더는 걸을 수가 없구나
그의 가방 속에는 녹슨 아코디언이 들어 있었다
건반을 눌러봤지만 아무 소리도 나지 않았다

그의 몸은 뻣뻣하게 굳어갔다
나는 내게 남은 모든 옷을 벗어 그에게 입혔다
     저 해는 아저씨의 심장 같아요
밤이 되어가는 그를 말없이 지켜보다가

결국 나는 빈손으로 되돌아왔다
     할아버지, 이 땅엔 노래가 없어요
울음을 터뜨리는 내게 할아버지는 말씀하셨다
     벌거숭이의 노래를 가져왔구나, 애야
     그건 아주 뜨겁고 간절한 노래란다

실감

우리의 여행은 달이 없다는 전제하에 시작되었다
달이 없다는 걸 알면서도 어디까지 갈 수 있을까
우리는 우리 자신을 시험해보기로 했다

우리는 걷는 동안 쉬지 않고 대화를 나누었다
우리가 생각하는 달은 다르면서도 같다는 것을 알게 되었다
달을 찾으려면 밤의 한가운데로 가야 한다는 내게
너는 바다에서만 헤엄칠 수 있는 건 아니라 했고
모든 얼굴에서 성급히 악인을 보는 내게
사랑은 비 온 날 저녁의 풀 냄새 같은 거겠지 말했다

우리는 보폭을 맞추며 씩씩하게 나아갔다
우리를 살게 하는 힘은 온갖 종류의 그리움 같아 내가 말하면
구름이 아름다운 건 흔적도 없이 사라지기 때문이겠지
평퐁을 치듯

이따금 일렁이는 불에 젖은 마음을 말려보기도 했지만
언제나 시간은 거대한 장벽을 펼쳐 보일 뿐이었다

달 없는 밤을 견디기 힘들었다

고작 무릎까지밖에 안 오는 물웅덩이에 빠져 허우적거릴 때가 많았다

제대로 가고 있는 건지 모르겠어

우리는 신이 놓쳐버린 두개의 굴렁쇠처럼

하루하루를 굴려 잿빛 바다에 이르렀다

고작 이런 풍경을 보려고 여기까지 온 것일까

너는 헤엄치는 법을 알아야만 바다를 건널 수 있는 건 아니라고 했지만

내일부턴 더 추워지겠네 쓸쓸히 웃었다

너무 어두워서 분명해지는 세계가 거기 있었다

아침은 이곳을 정차하지 않고 지나갔다

날카로운 말은 아프지 않아
폭풍우 치는 밤은 무섭지 않아
아픈 것은 차라리 고요한 것
울음을 참으려 입술을 깨무는 너의 얼굴

너는 투명해지기 위해 안간힘을 쓰고 있다
나의 땅은 그럴 때 흔들린다
네가 어떤 모양으로 이곳까지 흘러왔는지 모를 때
온 풍경이 너의 절망을 돕고 있을 때

창밖엔 때아닌 비가 오고
너는 우산도 없이 문을 나선다

이제 나는 너의 뒷모습을 상상한다
몇걸음 채 걷지 못하고 종이처럼 구겨졌을까
돌아보다 돌이 되었을까

나의 상상은 맥없이 시든다
언어만으로는 어떤 얼굴도 만질 수 없기 때문이다

그뿐이다, 나를 스쳐 지나가는 오후
성벽 너머의 성벽들
빗방울이 머물 수 있는 공중은 없듯이

알고 보면 모두가 여행자
너도 나도 찰나의 힘으로 떠돌겠지

그러나 내일 나에게는 하나의 얼굴이 부족할 것이다
깊은 어둠에 잠겼던 손이 이전과 같을 리 없으므로
그 손이 끈질기게 진흙 덩어리를 빚을 것이므로

제 3 부

반려조(伴侶鳥)

그는 어느날 문득 새를 기르겠다는 결심을 했다

산책 길에서 만난 새 한마리가
죽은 아내처럼 보였기 때문이다

그 새는 그를 계속 따라왔고
그의 주변을 오래도록 배회했으며
당신이야? 물었을 땐
까악 까아악 하고 울었다

새의 종은 알 수 없었으나 대체로 흰빛을 띠었고
발목 부근에는 검은 반점이 있었는데
아내의 발목에 있던 흉터를 떠오르게 했다

그날 이후 그는 매일 그곳에 가서 새를 기다렸다
기다리는 새는 오지 않았지만
새의 먹이를 잘게 잘라 접시 위에 올려놓거나
물그릇을 만들어주는 일을 하다보면
하루하루 시간이 잘 갔다 계절이 바뀌어 있을 때도 있었다

그러나 그는 종종 절망에 사로잡혔다
하루는 비슷한 새를 구하러 나서기도 했다
모란앵무, 금화조, 카나리아, 자코뱅
상점 유리창 너머 주인을 기다리는 알록달록한 새들을 바라
보았지만
어느 것도 그 새는 아니었다 어떤 것도 그 새는 될 수 없었다

대신 그는 새와 관련된 모든 책을 읽었다
그는 새에 관한 모든 것을 알았고 새에 관한 일이라면
누구나 그에게 의견을 구했다
그의 집 어디에도 새는 없었지만
그가 새를 기르지 않는다고 생각하는 사람은 없었다

오늘도 그는 새를 기다리러 간다
그의 새장은 아직 비어 있고
아직 오지 않은 것은 영영 오지 않는다는 것만 제외하면
모든 것이 완벽하다

그의 작은 개는 너무 작아서

어느날 문득 그의 삶에 끼어들었다
여름이었고
한쪽 눈이 충혈된 채로 그의 더러운 신발을 핥고 있었다

그는 그날의 첫 만남을 총성에 비유했다
불현듯 작은 개를 끌어안고
이전과 같은 길을 걸어 집으로 돌아왔으나
심장을 뚫고 지나간 것이 있기 때문에
그 길은 길의 바깥이 되었다
못이 벽을 파고들듯이
회전하는 여름이었다

그러나 여름은 상하기 좋은 계절이기도 했다
한 존재를 끌어안고 너무 깊이 와버렸기 때문에
자신이 끌어안은 것이 무엇인지도 모른 채
이대로라면 행복하다고 충분하다고 여겼기 때문에

개의 한쪽 눈은 붉음을 지나 검어지고
급기야 죽음의 손에 끌려가버리고 말았다

그는 개와 함께한 날들의 몇곱절을 지나 살아남았고
거의 모든 기억을 잃었으며
오직 도래라는 말만을 읽고 쓸 줄 알게 되었다
그는 그 말이 둥글고 따스한 알 같다고 생각한다
기다리면 껍질을 깨고
무언가 태어날 것 같은 말

그의 작은 개는 너무 커서
그의 하늘을 뒤덮고 있다
그의 슬픈 눈망울을 완성하려고
태양은 종종 등을 돌려 얼굴을 가린다

덧칠

나는 네가 이런 것을 사랑이라고 믿을까봐 두렵다, 장의차가 지나가는 풍경, 가스 불을 켤 때마다 불에 탄 얼굴이 떠오르는 일,

이제 너는 싱그러운 꽃다발을 보고도 메마른 시간을 떠올릴 것이다, 누구보다 예민한 귀를 가진 사람이 되어 세상 모든 발소리를 분간할 것이다, 빛이 충분히 드는 집을 찾겠다고 이사를, 이사를 하고,

붓과 물감을 사들일 것이다, 나는 네게 환한 시간만을 펼쳐 보이고 싶은데, 집 안의 시계를 전부 치워버리고, 시간이 일으켜 올릴 싹을 두려워하며, 씨앗 없이 흙을 채운 화분, 그곳에선 아무것도 자라지 않을 거라는 믿음을 기를 것이다,

그러다가도 이따금, 손이 손 모르게 그려낸 얼굴을 마주하곤 놀랄 것이다, 짝이 맞지 않는 신발을 신고 유령처럼 걸었던 밤길이, 안간힘 썼던 모든 것을 제자리로 되돌려놓았다는 사실 때문에,

폭발음도 없이 한 우주가 잠든 곳, 추락한 비행기의 잔해를 그러모으는 일, 나는 네가 이런 것을 사랑이라고 믿지 않을까봐 두렵다, 네가 침잠하는 모든 시간에 언제나 한 사람이 곁에 있었는데도

너는 그런 기적은 내게 허락되지 않았다고 고개를 저으며, 흰 물감으로 또 한번 얼굴을 뭉갤 것이다, 반드시 흰 물감이어야 하는 이유를, 스스로에게 수없이 설명하고 설명할 것이다

앵무는 앵무의 말을 하고

앵무는 앵무의 말을 한다
앵무야 나는 슬퍼 말하면
슬퍼 슬퍼 되돌려주지 않고

앵무는 앵무의 말을 한다
나는 쌀을 씻는다

기억을 씻듯이 쌀을
쌀을 씻는 척하면서 손을
씻으면 씻긴다는 믿음을

흰 접시는 하얗지 않다
유독 물컹한 과일들이 있다

유황앵무는 화가 나면 머리에 있는 노란 우관(羽冠)을 펼
칩니다 목소리가 아주 큰 녀석이지요
  화가 나면

환히 지내란 말을 자주 들었다

벌받는 듯한 기분이 들 땐 쌀을 씻는다

앵무는 앵무의 말을 가져본 적 없다고 생각했는데
앵무는 앵무의 말을 하고
앵무다운 색으로 빛나고
앵무만의 표정을 짓고
앵무의 울음을 운다

나답게 우는 법을 몰라서
앵무의 울음을 따라 한다
앵무 앵무 울며 나를 견딘다

검침원

그는 커다란 가방을 들고 왔다
그것은 너무 검고 너무 무거워 보여서

가방 속에 무엇이 담겨 있을지 자꾸만 상상하게 된다
미래가 담겨 있다고 해도 믿어질 것 같다

늘 가지고 다니는 겁니다
그는 땀을 뻘뻘 흘리며 대수롭지 않다는 표정을 지어 보
인다
그때 나는 홀로 믿어지다,라는 말에 붙들려 있었는데

믿을 수도 있었는데 왜 믿어진다고 생각했을까
어쨌든 그는 믿어질 것 같은 눈을 갖고 있었다

그는 집 안 구석구석을 살피며
가스가 새는 곳은 없는지 점검하였다
창문의 역할과 환기의 중요성에 대해, 창가에 놓인
창백한 식물의 이름이 마오리 코로키아라는 것도

유난히 약한 녀석이에요 살아 있는데도 죽은 것처럼 보이죠

늘 거기 있던 창문을 처음으로 들여다보았다
앞으로의 외출은 마음에 꼭 맞는 창문을 고를 때까지 계속
될 것 같다

나는 그에게 차가운 물을 건네며
그의 가방 속에 들어가 잠드는 상상을 했다
그는 무엇을 검침하러 온 것일까
여름이 어떤 형태로든 나의 안부를 물을 때

조금 느슨하게 만들어보세요 손에 자꾸 힘을 주면
목을 감싸는 게 아니라 조르는 것처럼 느껴질 거예요
그는 거실 구석에 놓인 털실 뭉치와 뜨다 만 목도리를 가리
키며 말했다

완성을 바라는 마음이 거기 있다
너를 잃고 너를 잃고
죽지 않으려고 사다둔 것이었다

양 기르기

네가 아는 가장 연약하고 보드라운 것을 생각해봐

그때 내 머릿속에 떠오른 건 한마리
작은 양이었다

너는 그것을 잘 돌봐줄 것을 당부했다
절대로 잃어버려서는 안 된다고

그날 꿈속에서 너를 본 이후로
나는 양과 함께 살아간다

목이 마르거나 춥진 않을지
간밤 늑대의 습격을 받은 것은 아닌지

그러다가도 잔뜩 뿔이 나
있지도 않은 양 따위, 중얼거린다

턱 끝까지 쌓인 눈을 헤치며 탈출하던 밤
너를 구했다고 생각했는데 손을 놓쳤다는 것을 깨달았을 때

긴 외출에서 돌아왔는데 집에 불이 환하게 켜져 있거나
양말 한짝이 감쪽같이 없어졌을 때에도

녀석의 목덜미를 끌어다놓고
장난하지 말라고 또박또박 혼내는 스스로에게 놀란다

내가 만진 것은 무엇이었을까

누군가는 물고기를 기르고
누군가는 북극곰을 기르고
한밤중에 잠에서 깨어나 소리 없이 우는 사람 곁에
새근새근 잠들어 있는 무언가가 있다는 것이

캐치볼

예고도 없이 날아들었다
불타는 공이었다

되돌려 보내려면 마음의 출처를 알아야 하는데
어디에도 투수는 보이지 않고

언제부터 내 손엔 글러브가 끼워져 있었을까
벗을 수 없어 몸이 되어버린 것들을 생각한다

알 수 없겠지 이 모든 순서와 이유들
망치를 들고 있으면 모든 것이 못으로 보이는 법이니까*

나에게 다정해지려는 노력을 멈춘 적 없었음에도
언제나 폐허가 되어야만 거기 집이 있었음을 알았다

그래서 왔을 것이다
불행을 막기 위해 더 큰 불행을 불러내는 주술사처럼
뭐든 미리 불태우려고
미리 아프려고

내 마음이 던진 공을
내가 받으며 노는 시간

그래도 가끔은
지평선의 고독을 이해할 수 있다

불타는 공이 날아왔다는 것은
불에 탈 무언가가 남아 있다는 뜻이다
나는 글러브를 단단히 조인다

* 애거사 크리스티.

태풍의 눈

너는 생각이 너무 많아
태풍의 이름은 별 이유 없이 지어지기도 한단다

그런 말들이 내게 가라앉은 날엔
엉터리 지도 제작자의 마음을 생각해보곤 한다

존재하는 모든 길을 정확하게 옮겨야 할 의무가 있는 사람
하지만 아무도 모를 골목만 제멋대로 그리는 사람

골목, 그 골목을 찾아가면
영원히 손을 흔드는 아이가 있다
피부가 벌게지도록 몸을 계속 긁어대는 사람도
자신이 쓴 책 속으로 들어가겠다고 안간힘을 쓰는 사람도
있다

슬픈 건지 두려운 건지 알 수 없어
자꾸만 들여다보게 되는 얼굴들

그가 그린 지도는 엉망이다

어디로 가든 막다른 길
침묵도 흙처럼 쌓여 있다

그래도 나는 그런 지도가 좋다

무엇이 밀려올지 모르는 채로
무엇을 쓸어가버릴지 모르는 채로
고요에 잠겨 있을 때마다

평생 한가지 동작만 반복하며 늙어야 한다면
어떤 동작이 좋겠느냐고 넌지시 물어오는 것 같다

언젠가 무심히 정지 버튼이 눌리는 순간이 오겠지
그 순간이 나의 자세, 나의 영원이겠지

내가 나라는 사실을 믿을 수 없어서
창밖으로 얼굴을 내밀고 두리번거리는 두더지처럼

측량

수신인을 알 수 없는 상자가 배달되었다

상자를 열어보려고 하자 그는 만류했다 열어본다는 것은 책임지겠다는 뜻이라고

우리는 상자를 앞에 두고 잠시 생각해보기로 했다

그때 상자가 움직였다 생명이라면 문제는 더 심각했다 누군가에게 영원히 되돌아갈 집이 된다는 것은

원치 않는 방향으로 자라나는 이파리들을 날마다 햇빛 쪽으로 끌어다놓는 스스로를 상상했다 기대하고 실망하는 모든 일이 저 작은 상자 안에서 이루어지고 있었다

생각은 영혼을 갉아먹는 벌레 같았다 작고 하얀 벌레는 순식간에 불어나 온 마음을 점령했다 상자가 움직일 때마다 우리의 하루도 조금씩 휘청거렸고

고작 상자일 뿐이었다면 쉽게 버렸을 것이다

그런데 말이야, 잘못 배달되지 않은 사랑이 과연 있을까 더구나 생명이라면

너는 상자 앞으로 성큼 다가섰다 나는 마른침을 꿀꺽 삼켰다 물을 마시지만 물을 침범하지 않는 사랑을 알고 싶었다

묵상

태어난 지 열흘도 채 되지 않은 흰 강아지가
그물에 갇혀 있는 장면이 떠올랐다
우리는 분명 행복에 대해 말하고 있었는데
방금 전까지 깔깔깔 소리 내어 웃기까지 했는데

살아 있어서 울고 있었다
짐승만이 낼 수 있는 소리였다
머리로는 구조대를 찾아야 한다고 생각하면서도
마음으로는 그물의 색을 상상하게 된다
에메랄드색의 영롱함, 감귤색의 다정함 같은,

나는 다시 행복에 대해 생각해보기로 한다
사과를 가득 싣고 해안 도로를 달리는 트럭
운전사가 넋을 잃고 오른편의 바다를 바라보는 동안

트럭에선 사과가 하나둘씩 쏟아지고
뒤따라오던 차들이 포물선을 그리며 충돌하고

아수라장이 된 도로 위

덩그러니 서 있는 내가 있다
아니라고! 이게 아니라고!

온 우주가 나의 행복을 망치려 든다
꽃다발을 들고 걸으면 무덤가에 도착해 있고
갓난아이의 정수리 냄새를 상상하며 눈을 뜨면
새하얀, 너무도 새하얀 방 안이다

물 한 컵을 벌컥벌컥 마시고
기억할게,라고 말한다
누구에게 하는 말인지
무엇을 위한 말인지는 모른다

그럼에도 최선을 다해 행복을 말하는 것
어느 밤 대문 앞에는 흰 강아지가 새근새근 잠들어 있기도
했다

스페어

진짜라는 말이 나를 망가뜨리는 것 같아
단 하나의 무언가를 갈망하는 태도 같은 것

다른 세계로 향하는 계단 같은 건 없다
식탁 위에는 싹이 난 감자 한봉지가 놓여 있을 뿐

저 감자는 정확함에 대해 말하고 있다
엄밀히 말하면 싹이 아니라 독이지만
저것도 성장은 성장이라고

초록 앞에선 겸허히 두 손을 모으게 된다
먹구름으로 가득한 하늘을 바라본다

하지만 싹은 쉽게 도려내지는 것
먹구름이 지나간 뒤에도 여전히 흐린 것은 흐리고

도려낸 자리엔 새살이 돋는 것이 아니라
도려낸 모양 그대로의 감자가 남는다

아직일 수도 결국일 수도 있다
숨겨놓은 조커일 수도
이미 잊힌 카드일 수도 있다

나를 도려내고 남은 나로
오늘을 살아간다

여전히 내 안에 앉아 차례를 기다리는 내가
나머지의 나머지로서의 내가

몫

앞니가 부러지는 꿈을 꿨어
이가 상하는 꿈은 백이면 백 흉몽이라던데

이제는 호들갑 떨지 않는다
몫이었겠지, 생각한다

몫이라는 말을 처음부터 사랑했던 것은 아니야
악어처럼 나를 물고 한참을 놓아주지 않았지
모든 걸 원점으로 되돌리는 말이잖아
다른 방도는 없다는 듯이
어디 한번 달아나보라는 듯이

이런 장면이 겹쳐지기도 했어
죽은 토끼를 가운데 두고 맹렬히 싸우는 두 사람
묻자고 말하는 쪽과 묻어서는 안 된다고 말하는 쪽
각자의 몫이 있었을 거야
토끼는 그저

유독 피곤했던 것일 수도

그날따라 잠이 미로처럼 깊어 약속 시간에 조금 늦은 것
이었을지도

어떻게 다 알 수 있겠어
피에로의 고깔모자가 감추고 있는 것이 무엇인지
물총새의 속눈썹이 견딜 수 있는 무게는 얼마인지
죽음이 드나드는 문은 어디에 있는지

몫이라고 생각하면
조금은 덜 미워하게 될는지도

이제는 조바심 내지 않는다
기차는 길고 길다는 건
기차의 몫이 그러하므로 어떻게든 계속 가야 한다는 뜻

영원히 잠든 토끼의 영원히 찾지 못할 영혼을 생각하면
몫이라는 말 결코 다정하지는 않지만

호두에게

부러웠어, 너의 껍질
깨뜨려야만 도달할 수 있는
진심이 있다는 거

나는 너무 무른 사람이라서
툭하면 주저앉기부터 하는데

너는 언제나 단호하고
도무지 속을 알 수 없는 얼굴
한 손에 담길 만큼 작지만
우주를 쥔 것 같은 기분이 들었어

너의 시간은 어떤 속도로 흐르는 것일까
문도 창도 없는 방 안에서
어떤 위로도 구하지 않고
하나의 자세가 될 때까지 기다리는

결코 가볍지 않은 무게를 가졌다는 것
너는 무수한 말들이 적힌 백지를 내게 건넨다

더는 분실물 센터 주변을 서성이지 않기
'밤이 밤이듯이' 같은 문장을 사랑하기

미래는 새하얀 강아지처럼 꼬리 치며 달려오는 것이 아니라
새는 비를 걱정하며 내다놓은 양동이 속에
설거지통에 산처럼 쌓인 그릇들 속에 있다는 걸

자꾸 잊어, 너도 누군가의 푸른 열매였다는 거
세상 그 어떤 눈도 그냥 캄캄해지는 법은 없다는 거

문도 창도 없는 방 안에서
나날이 쪼그라드는 고독들을

알혼에서 만나

알혼은 작은 숲이라는 뜻이래
기차를 타고 배를 타면 언제든 갈 수 있는 곳

그런데 알혼은 그렇게만 갈 수 있는 곳은 아닐 거야
둥지가 품은 알의 영혼 같기도
네 혼을 알라, 혼내는 소크라테스의 말 같기도 한

알혼,
아무리 영혼이 궁금하더라도
둥지에서 알을 훔칠 수는 없지

둥지에서 손을 거둘 때 알 하나가
실수로 미끄러져 깨졌더라도

그럴 때 깨진 건 알이 아닐 확률이 높다
손이 닿는 순간 이미 충분히 상했을 것이다

그러니까 알혼, 긁히거나 멍든 자국
언제 어디서 부딪혔는지 알 길 없지만

몸에 머물다 사라지는 검푸른 빛이 있다는 것
그건 내게도 영혼이 있다는 증거 아닐까 누군가 나의 영
혼을 꾸욱 건드려본 것은 아닐까

알혼으로 가는 길은 하나가 아닐 것이다
과녁처럼 서서 쏟아지는 비를 맞는다

도착은 해도 다다를 수는 없겠지만

나의 규모

주인을 기다리는 잔들이 있었다
손님이 잔을 골라 오면 그 잔에 주문한 음료를 담아주는
카페였다

손잡이는 손을 기다리는 일로 하루를 보낼 테지
그런 하루는 참 영원 같겠다, 생각하며

잔을 고른다
우릴수록 붉어지는 차가 무늬 없는 투명한 잔에 담겨 나
온다

내가 고른 잔이 나를 보여준다는 사실
두렵지만

선택했기 때문에 양손으로 감싸 쥘 수 있는 잔이 생긴 것
이다
손이 기억할 수 있는 크기가 생긴 것이다

다른 잔을 골랐더라면 어땠을까

안이 하나도 비치지 않는 사기그릇이었다면

비밀이 많은 사람처럼 보였을 것이다
스스로를 속이고 있었을지도 모를 일

발맘발맘*이란 그럴 때 필요한 말이겠지
헥타르와 아르의 차이는 알지만
불에 탄 코알라의 얼굴은 들여다보지 못할 때
삼각형의 수심은 알아도
마음의 수심은 구할 줄 모를 때

카나리아는 우는 소리가 아름다워
관상용으로 많이 기르는 새가 되었다고 한다

당신은 무엇을 담는 사람인가요? 물어오는 풍경 앞에서
나의 규모를 생각한다

* 한걸음씩 거리를 가늠하며 걷는 모양.

나의 투쟁

티브이에선 이국적인 화면이 방송되고 있다

열대기후가 아닌 곳에서 열대 과일을 재배하려다보니 시행
착오를 많이 겪었어요

엔젤농장의 주인인 그는
이곳으로 저곳을 옮겨오는 데 가장 중요한 건 온도라고 설명
한다
반으로 갈린 핑거라임의 속살이 붉다

나는 생각에 잠긴다
기를 수 없는 것을 기르려면
물속에 잠긴 사람들을 이곳으로 데려오려면

미래는 생각할 틈을 주지 않는다
티브이에선 한파에 대비한 토막 건강 상식이 이어지고 있다

인간의 체온은 일도만 낮아져도 면역력이 삼십 퍼센트나 감
소합니다 계피와 생강은 체온을 높이는 데 좋은 음식이지요

보일러를 틀고 물을 끓인다
이런 생활을 지속하는 한
이곳은 영영 저곳이 되지 못할 것이다

안전한 곳에 있으면 안전한 사람이 되겠지
이불 속 악몽을 악몽의 전부라 여기며 살겠지
하지만 기를 수 없는 것을 기르려면

도움닫기와 점프
뜀틀을 뛰어넘는 법은 단순한데
왜 번번이 뜀틀에 주저앉고 마는 걸까

겨울에서 겨울로
더 가파른 겨울로
양을 몰고 가는 상상을 한다

늑대의 목에 달린 방울을
미래라 부르는 사람이 되려고

주저앉은 뗌틀에서 바라보는 풍경을
그래도 나는 사랑한다

구르는 돌

나의 여정은
하나의 물음으로부터 시작되었습니다
나는 어디에서 왔고 누구이며 어디로 가는가*

사람들은 나를 돌이라고 부릅니다
어딘가에는 대하고 앉았노라면 얘기를 들려주는 돌도 있
다지만**
나는 이야기를 찾아 헤매는 돌에 가깝습니다
절벽의 언어와 폭포의 언어
들판의 언어와 심해의 언어
온몸으로 부딪쳐가며 얻은 이야기들로 나를 이루고 싶어요
그 끝이 거대한 침묵이라 해도

중력이 없었다면 어땠을까요?
나무나 새를 부러워했던 적도 있습니다
그러나 모든 피조물은 견디기 위해 존재하는 것
우울을 떨치려 고개를 젓는 새와
그런 새를 떠나보낸 뒤 한참을 따라 흔들리는 나무를 보
았습니다

서서 잠드는 것은 누구나 똑같더군요
모두가 제 몫의 질문을 하고 있는 것입니다

그럼에도 두렵습니다
혹시 나는 파괴를 위해 태어났을까요?
나의 전신이
한 생명을 무겁게 짓누르던 바위였다면

혹은 단단히 봉인해야 할 기억이어서
눈과 귀가 지워진 채 깊이깊이 잠겨야 했던 거라면

캄캄함은 나를 끝없이 돌려세우고
환한 시간을 향해 걷게 합니다

계속 가보는 것 외엔 다른 방도가 없지만
언젠가는 대하고 앉았노라면 얘기를 들려주는 돌이 되고
싶어요
그게 무엇이든 무엇도 아니든

* 고갱.
** 전봉건, "대하고 앉았노라면 무언가 얘기를 들려주는 그런 돌이
   있다고 한다. 혹시 저러한 얼굴의 돌이 아닐지 모를 일이다."

129

슈톨렌

"건강을 조심하라기에 몸에 좋다는 건 다 찾아 먹였는데
밖에 나가서 그렇게 죽어 올 줄 어떻게 알았겠니"

너는 빵*을 먹으며 죽음을 이야기한다
입가에 잔뜩 설탕을 묻히고
맛있다는 말을 후렴구처럼 반복하며

사실은 압정 같은 기억, 찔리면 찔끔 피가 나는
그러나 아픈 기억이라고 해서 아프게만 말할 필요는 없다
퍼즐 한조각만큼의 무게로 죽음을 이야기할 수 있다
그런 퍼즐 조각을 수천수만개 가졌더라도

얼마든지 겨울을 사랑할 수 있다
너는 장갑도 없이 뛰쳐나가 신이 나서 눈사람을 만든다
손이 벌겋게 얼고 사람의 형상이 완성된 뒤에야 깨닫는다
네 그리움이 무엇을 만들었는지

보고 싶었다고 말하려다가
있는 힘껏 돌을 던지고 돌아오는 마음이 있다

아니야 나는 기다림을 사랑해
이름 모를 풀들이 무성하게 자라는 마당을 사랑해
밥 달라고 찾아와 서성이는 하얀 고양이들을
혼자이기엔 너무 큰 집에서
병든 개와 함께 살아가는 삶을

펑펑 울고 난 뒤엔 빵을 잘라 먹으면 되는 것
슬픔의 양에 비하면 빵은 아직 충분하다는 것

너의 입가엔 언제나 설탕이 묻어 있다
아닌 척 시치미를 떼도 내게는 눈물 자국이 보인다
물크러진 시간은 잼으로 만들면 된다
약한 불에서 오래오래 기억을 졸이면 얼마든 달콤해질 수
있다

* 슈톨렌. 크리스마스를 기다리며 매주 한조각씩 잘라 먹는 기다
  림의 빵.

톱

거긴 밤이겠지

창밖이 환해도 거긴 밤일 거야

베고 자르고 쓰러뜨리는 일을 기꺼이 할 사람은 없으니까

삐쭉빼쭉한 모습으로 살아가는 일이
어린아이로부터 최대한 멀리 놓이는 삶이
버겁지 않은 사람은 없을 테니까

꿈은 사납고
신발은 헐거워지고
톱밥에 얼굴을 묻고 울고 싶을 때가 찾아오면

시간이 아주아주 오래 걸리는 일이 필요해지면

꿀을 넣고 조린 열매를 떠올리기로 해

바를 정(正)에 과실 과(果) 자를 쓴다는, 말갛고 진한 색을

향한 기다림

이면이 없는 이름이 되는 일

바람에 펄럭이는 흰 이불을 바라보듯이
수평에 가까워지는

열과(裂果)

이제는 여름에 대해 말할 수 있다
흘러간 것과 보낸 것은 다르지만

지킬 것이 많은 자만이 문지기가 될 수 있는 것은 아니다
문지기는 잘 잃어버릴 줄 아는 사람이다

그래, 다 훔쳐가도 좋아
문을 조금 열어두고 살피는 습관
왜 어떤 시간은 돌이 되어 가라앉고 어떤 시간은
폭풍우가 되어 휘몰아치는지

나를 이해하기 위해서는 솔직해져야 했다
한쪽 주머니엔 작열하는 태양을, 한쪽 주머니엔 장마를 담
고 걸었다

뜨거워서 머뭇거리는 걸음과
차가워서 멈춰 서는 걸음을 구분하는 일

자고 일어나면 어김없이

열매들은 터지고 갈라져 있다
여름이 내 머리 위에 깨뜨린 계란 같았다

더럽혀진 바닥을 사랑하는 것으로부터
여름은 다시 쓰일 수 있다
그래, 더 망가져도 좋다고

나의 과수원
슬픔을 세는 단위를 그루라 부르기로 한다
눈앞에 너무 많은 나무가 있으니 영원에 가까운 헤아림이
가능하겠다

고요한 맹렬

양경언

하나

언젠가 안희연은 시인의 손끝에서 태어나는 사전에 '여름' 페이지를 다음과 같이 채운 적이 있다.

"'여름'이라는 단어 속에는 얼마나 많은 적의가 감춰져 있는가. 그게 아니라면 풀과 나무들이 저토록 맹렬하게 자라날 수는 없다."(「빚진 마음의 문장 ─ 성남 은행동」 부분, 『밤이라고 부르는 것들 속에는』, 현대문학 2019, 98면)

짐작해보건대 시인의 기록에서 성장은 순환의 질서를 자연스레 따르는 것이기 이전에 불행과 불운, 뜻대로 되지 않는 일들을 맞닥뜨리면서 그것을 어떻게 상대해야 하는지를 겨룸으로써 이뤄지는 것 같다. '풀과 나무들' 편에서 생각해보면 이들을 덮쳐올 불볕더위와 폭풍, 몸에 맘껏 생채기를 낼 벌레들을 내치지 않고 그들과 어떻게 관계 맺을지를 힘쓰는 맥락에서 성장은 가능해진다는 얘기다. 혹은 이렇게 말할 수도 있을까. 풀과 나무들에게 여름은 참고 견디라는 신의 명령을 가혹하게 수행하는 계절이라고. 마치 종교서적에 등장하는 어느 가련한 인물이라도 된다는 듯이, 이들에게 여름이란 고난을 뒤집어쓰고서 아무런 저항도 하지 않아야 성스러워질 수 있다는 믿음에 이끌리는 때라고. 그러나 '성장'이나 '성스러움'과 같이 멋져 보이는 말들로 풀과 나무들의 맹렬이 가닿을 도착지를 상정한다는 것은 아무래도 비약이다. 안희연의 시에선 그런 근사한 말들에 욕심을 부리는 일이 좀처럼 일어나지 않는다. "자라날 수는 없다"라는 문장 이후로 서둘러 가기 전에, 어쩌다가 시인은 여름이란 말에 감춰진 진실의 절반을 찾아 나섰는지에 관해 다시 생각해보기로 한다. 시인의 사전에서 어쩌면 우리는 단어의 시작점에 주목해야 하는지도 모른다.

'여름'이라는 단어의 문은 언제 열리기 시작했는가. 혹 함부로 이름 붙이기 어려운 감정들이 우리 눈앞에 풀과 나무의 형태로만 있으려고 고집하는 바로 그 순간을, 지금 살아있기 위해 온몸으로 숨 쉬는 풀과 나무가 가차 없이 뚫어버리는 상황이 '여름'의 시작점에 있는 건 아닐까. 시인의 손을 기어이 움직이게 만드는 그이들의 고유하고 독창적인 '살아 있음', 무언가를 '참고 견디고 있다'고 단정지을 수 없을뿐더러(그 누구의 삶도 내내 참고 견디는 순간만으로 이뤄지진 않는다), '아무런 저항도 하지 않는'이라는 수식어를 순식간에 부정확한 것으로 만들어버리는(적을 부수고 척결하는 것만이 저항 방식의 전부는 아니다) 그이들의 "저토록" '맹렬한' 몸짓이 포착되는 곳. 불화를 껴안고 상처를 품은 채 이어지는 과정이야말로 삶의 연속성을 체득하는 진실한 방식일 수 있다는 인식은, 풀과 나무가 저들의 자리에서 온몸으로 살아 있는 상황을 꾸리는 한가운데로 시인이 들어섰을 때 깨어난다. 그러니까 시인이 "언덕의 기분"을 살피면서 "물웅덩이"에 "발이 푹푹 빠지는" 한가운데를 직접 겪어나가는 순간에 찾아드는 "다른 풍경"(「여름 언덕에서 배운 것」), "한쪽 눈이 충혈된 채로" "더러운 신발을 핥"는 "작은 개"를 내치지 않고 오히려 그를 "깊이" "끌어안"음으로써 사람의 감정이 얼마나 "상하기" 쉬운지, 또 얼마나 연약한지를 짚어내는 순간(「그의 작은 개는 너무 작아서」), 거기에서 '여름'은 우리가 알고 있던 단어 너머를 향하기 시작한다는 것. 시인은 시인에게 다가오는 갖가지 상황을 피하지 않는 방식을 택한다. 더욱이 삶의 한가운데로 들어가는 순간 곳곳에서 알 수 없는 감정이 감지되는 상황을 어떤 고정된 단 하나의 표현으로 매듭지으려고도 하지 않는다. "다 알 것 같은" 장악의 순간을 경계하면서, 하나의 말이 가둘 수 있는 끝까지 가보려 한다(「추리극」). "언어만으로는 어떤 얼굴도 만질 수 없"다는 걸 알면서도, "끈질기게"(「아침은 이곳을 정차하지 않고 지나갔다」). 요컨대 시인은 이런 방식으로 투쟁하는 것이다.

시인이 말과 관계 맺는 방식을 떠올리면서 다시 '여름'에 대한 기록을 읽어볼까. 시인에게 '여름'은 이런저런 사연들로 인해 우리 몸 저변에 우리 자신도 모르게 스며든 '적의'와 싸우는 시간이다. 또한, 우리의 시야를 한정하고 생각의 방식을 조율하려 드는 우리 마음속 '알 수 없는 것'이 고개를 들 때마다 그것의 정체를 내내 살피기 위해 열렬한 탐험을 감행하는 계절이기도. 작정하고, 고요하게 맹렬할 수 있는 날들이다. 여름이라고 적어두었으나 이 말엔 시인이 통과 중인 어떤 감정의 과정이 고스란히 새겨져 있다. 어디에서 와서 어디로 갈지 알 수 없으나, 그 미지를 조건 삼아 계속해서 흐르고 있을 마음의 무늬가.

안희연은 "헤맬 줄 아는 마음"의 페이지를 연다(「추리극」). 그이는 독자인 우리도 모르는 어떤 마음의 순간이 찾아든다면 그때 펼쳐드는 단어의 한가운데로, 그 단어가 이루는 미로 속으로 기꺼이 들어가도 된다고 일러주는 사람 같다. 그건 아마도 더 많이 헤맬수록, 미로 속에서 만나는 ── 해당 단어가 파생한 ── 온갖 삶과 풍경이 우리의 감긴 눈을 어루만져줄 것임을 시인이 이미 알고 있기 때문일 것이다. 첫 시집 『너의 슬픔이 끼어들 때』(창비 2015)에서 텅 빈 백색의 페이지가 '소란스러운 침묵'으로 가득하다는 사실을 전하기 위해 말과 말을 '옆'으로 쌓아가던 시인은, 소시집 『밤이라고 부르는 것들 속에는』(현대문학 2019)에서는 그러한 작업을 하면서 느껴지는 아주 작은 기척에도 예민해진 이가 갖춰야 할 태도란 무엇인지를 궁리했다면, 오늘 우리에겐, 우리가 생각지도 못한 방향 어딘가로 흘러가는 말들의 힘을 어떻게 믿을지 그 방법을 공유하는 시집을 전한다.

둘

칠레의 시인 파라가 모든 시인은 '자신의 고유한 사전을 가져야만 한다'고 했을 때, 우리는 시인이 사물에 다른 이름을 부여함으로써 그 사물이 품고 있던 다른 세계를 여는 것이라는 생각에 잠긴다. 명명은 시인의 숙명이다. 그러고 보면 때때로 어떤 명명은 그 사물을 감옥처럼 가두기도 하는 것 같다. 독자인 우리가 고유한 사전의 무게를 강조하려 드는 것으로 느껴지는 예술가를 어려워하는 이유 또한 여기에 있을 것이다.

시인이 새로운 명명을 담당한다는 데까지는 널리 알려진 사실이다. 그러나 삶에서 일어나는 많은 일들에 이름이 다 있는 것은 아니기 때문에 시인이 고유한 사전을 만드는 작업에 그토록 진중하게 임할 수밖에 없다는 사실을 아는 이는 드물다. 막 안희연의 시집을 읽은 당신이라면 어렴풋이 알았을지도 모르겠다. '삶에서 일어나는 많은 일들에 이름이 다 있는 것은 아닌' 상황을 드러내면서 사전을 만들어가는 시인이 여기에 있음을. 그이는 정태적인 명명을 서둘러 진행하기보다는 "한마리 양"을 표현할 때에는 양의 "맞은편에 있"는 "늑대"의 표정을 살피고(「추리극」) "숲"을 떠올릴 때에는 "일정한 간격을 두고" 베어지고 도려내진 나무들을 포함하느라(「미동」) 그것에 대해 어떻게 말해야 할지 결정하는 시간을 길게 들이는 방식을 선호한다. 그이가 생각하기론 간밤에 부러진 나무의 사라진, 그러나 분명히 있었을 "얼굴"을 잊지 않고 떠올리면서 "수호신처럼 마을 입구를 지키던 나무"를 그려나가는 방식이(「폭풍우 치는 밤에」) 세계를 대하는 태도로 맞는 것이기 때문이다. 시인은 완성된 그림에 알맞은 제목을 더하고 뿌듯해하기보다는 "눈만 그리면 완성될 그림을/수천장 가지고 있는 사람"의 "도착을 모르는" "이야기"를 기다리는 편으로 간다(「나는 평생 이런 노래밖에는 부르지 못할 거야」). 이름이 품고 있는 의미 영역을 단정하지 않으려고, 또 완성하지 않으려고 애쓰는 가운데 솟아나는 어떤 삶의 흔적을 언어화하는 사전이 시인의 손엔 들려 있는 것이다.

안희연은 파라가 전한 시인의 역할을 다르게 받아들인다. 이름이 없어 도처에 있는지조차 몰랐던, 그러나 알고 보면 우리 주위에 분명히 '있는' 세상의 비밀을 함께 간직함으로써 이름이 끝내 묶어둘 수 없는 그 존재만의 독창적이고 고유한 숨을 일으키는 데 관심을 둔다. 결국에는 그 존재가 "이면이 없는 이름" 그 자체가 되어 아무것도 필요 없이 다른 무엇들과 자연스레 "수평"을 이루는 일이 도래하기를 바란다(「톱」). 파라의 말은 안희연에게 이르러선 '모두에게는 각자만의 고유한 사전이 있어야만 한다'로 다시 쓰인다.

어떤 조그만 숨소리도 공들여 들을 줄 아는 귀가 그 숨소리를 내뱉는 존재의 형형한 눈빛을 살려내는 풍경이 생겨나면, 그렇게 해서 만들어진 그이만의 고유한 사전이 띠는 눈빛이 이편을 응시하는 일도 벌어지는 것. 가령, "싹"이 "쉽게 도려내"진 "감자"가 남겨진 그대로의 모습으로 "나"를 올려다보는 시에서처럼(「스페어」), 또는 "흰 접시"를 향해 "언제든 깨버리면 그만이라는 듯이" 말하다가 그 말을 "듣고 있었을" 접시가 "이미" "깨진 거나 다름없"는 상태로 '내' 앞에 놓여 있는 시에서처럼(「시」) 남들이 '진짜'를 좇아 떠나간 자리, 그래서 오히려 아무 이름이나 쉽게 붙일 수 없을 그런 남겨진 자리에서 쓰인 시가 생생히 살아서 우리를 본다. 우리가 안희연의 시를 읽을 때, 시도 우리를 안다.

하나 그리고 둘

이번 시집에는 어떤 삶의 진실은 절반조차도 드러나지 않는 상황을 역으로 드러내기 위해 특별한 이야기를 들려주는 페이지도 마련되어 있다. 가령 「내가 달의 아이였을 때」라는 같은 제목을 가진 네편의 시. 같은 제목의 시가 여러편 등장하여 독자들이 나서서 의미를 구성할 수 있게 만드는 일은 안희연의 시집에서는 자주 일어난다(독자는 시인의 첫번째 시집에서 세편의 「백색 공간」 사이를 종횡무진 쏘다녔던 즐거운 기억을 가지고 있을 것이다).

처음으로 만나는 「내가 달의 아이였을 때」(18~19면)에서 "나"는 "손이 아파"와도 "색색의 털실 뭉치"에 맺힌 매듭을 풀어내면서 흘러가는 시간을 감당하는데, 그 모습을 보던 "할아버지"는 "허물 수 없다면 세계가 아니"라는 말을 들려준다. 그러고 보면 우리 모두는 알려지지 않은 대지를 향해 "막 걸음마를 떼는" 순간을 가져본 적이 있는 사람들. "긁히고 찢"기고 허물어질 것을 알면서도 계속해서 살아가야 하는 게 곧 삶의 속성임을 승인해야 하는 사람들. 두번째 시(52~53면)에서 만난 "할아버지"는 그런 하나하나의 삶을 흡사 "모양은 제각각이지만 향긋하지 않은 것은 없"는 "유리 구슬"과 같이 조심스레 다룬다. 만약 신의 실수로 그중 하나가 깨어졌다 하더라도 그것이 우리 마음에 "유리 조각"처럼 박힌다면 깨어진 구슬은 "단 하나의 영원"으로 남을 수도 있다는 걸 일러주는 것 같다. 그러니 "손톱 밑에 박힌 유리 조각"을 빼내지 않기로 결심하는 이들이 있을 수 있는 것. 깨어진 조각이 남기는 통증을 삶의 일부로 간직하면서 살아가는 것도 삶이 지속되는 방법 중 하나이기 때문이다. 이로써 "영원히 깨어나지 못하게" 된 이의 시간은 "유리구슬을 넣"은 "빵"이 구워지는 시간 곁에서 나란해진다.

세번째 시(54~55면)에서 할아버지는 "삶과 죽음을 가르는 건" 실은 "단 한걸음 차이"일 수 있다면서, "나도 인간의 모든 비극을/예측할 순 없었노라고" 말한다. 그 말을 하면서 할아버지는 "정성껏 다음 씨앗을 심"는다. "나"는 그것을 본다. 그게 중요하다. 다시는 고쳐 쓸 수 없는 비극이 우리 삶에 새겨진다 하더라도 눈앞에 씨앗을 책임지고 심을 줄 아는 손짓, 아침마다 오늘을 살아내겠다고 다짐할 때 발휘되는 용기가 있다면 우리는 우리에게 주어진 걸음을 모두 걸어가도 되는 것이다.

마지막으로 같은 제목의 네번째 시(86~87면). "나"에게 할아버지는 "노래를 찾아오라" 하고, "나"는 노래를 찾아 떠난다. 그러나 '내'가 확인한 건 "이 땅엔 노래가 없"다는 슬픔뿐. "나"는 "나"처럼 "노래를 찾아 수백년을 걸어"다녔던 초라한 사내에게 "남은 모든 옷을 벗어" 입히고, 울음을 터뜨리며 되돌아간다. 그런 '내'게 할아버지는 의외의 말을 던진다. "벌거숭이의 노래를 가져왔"다고, "그건 아주 뜨겁고 간절한 노래"라고.

네편의 시를 이야기의 형태로 차례차례 살폈다. 그런데 이것을 '이야기'라 해도 될까. 극화된 장면들이 등장한다 해서 방금 언급한 시들을 '이야기'라 한다면, 이 시의 장면들이 극화되기 전에 고인 알 수 없는 감정들을 일컬어서는, 뭐라고 할 수 있을까.

안희연 시에 등장하는 어른들은 대체로 오래전부터 전해 내려오는 경험을 시인에게 전수해주려는 인상을 남긴다. 이들이 전수하고자 하는 경험이란 대체로 아직 드러나지 않은 삶의 비밀과 관련이 있는 것 같다. 할아버지로부터, 떠돌이 개로부터, 생선 장수로부터, 절벽과 폭포와 들판과 심해로부터, 시인은 말의 잃어버린 절반을 찾아 헤매는 일이 실은 언제나 상실에 노출될 수밖에 없는 삶의 민낯과 맞닥뜨리는 일과 같다는 비밀을 일깨워주는 경험을 건네받는다. 그런데, 살아갈수록 이렇게 다 잃어버리기만 할 거라면 왜, 왜 살아야 하는가. 내게 있는 것을 전부 앗아가기만 하는 삶을 살아낼 이유가 도대체 무엇인가. 그이들로부터 전수받는 경험의 한가운데로 들어설수록 시인은 뿌리 깊은 허무주의와 싸워야 한다. 아니, 어쩌면 시인이 지속해왔지만 사실은 본인이 끌어왔음을 모른 척해왔던 싸움의 과정이 그이들이 건넨 경험을 통해 드러난 것일 수도 있겠다.

시에서 할아버지가 혹은 떠돌이 개가, 생선 장수가, 절벽과 폭포와 들판과 심해가, 그리고 "어떤 시간은 돌이 되어 가라앉고 어떤 시간은/폭풍우가 되어 휘몰아"친 지(「열과(裂果)」) 오래인 여름이 건네는 것을 다시 들여다보자. 거기엔 상실을 받아들일 줄 알아야 한다는 난폭한 가르침도 있지만, 그것만이 전부는 아니다. 자세히 보면 거기엔 무언가를

145

잃었을 때 스며드는 슬픔의 정도만큼 그것과 계속해서 연결되어 있다는 실감이 살아나는 현재가 있고, 생생하게 살아 있으므로 '끝'을 단정할 수 없는 순간이 들어 있기도 하다(「불이 있었다」). 상실이 불가피할지라도, 다음으로 계속 가보는 건 어떻겠느냐는 다정한 제안 역시 거기엔 있는 것이다. 편의상 '이야기'라 불렀던 몇몇의 시편들이 쓰인 페이지에 고인 (쉽게 이름 붙일 수 없었던) 감정들도 이와 연관되어 있던 게 아닐까. 끝을 단정하지 않으려는 이의 결기, 어떻게 해서든지 상실을 이해하고 받아들이고픈 이의 겸허 같은 것이 끝나지 않고 계속해서 이어지는 시를 만든 건 아닐까. 그러니까 태어나면 누구나 죽음을 맞이하고, 살아가면서 어떤 것을 잃어버리는 건 당연한 일이지만 그렇다고 해서 "죽기 위해 태어"난 이는 없다고(「표적」). "계속 가보는 것 외엔 다른 방도가 없"으니 계속 살아가다가 "언젠가는" "그게 무엇이든 무엇도 아니든" 얘기를 서로에게 들려주는 만남을 약속하자고(「구르는 돌」).

안희연은 '왜 살아야 하는지'를 질문하는 고집을 버리고 "더럽혀진" 지금의 "바닥을 사랑하는 것으로부터"(「열과(裂果)」) 다시 시작(始作/詩作)하는 사람이다. 시인은 삶의 한가운데에 밀착해 들어가 그곳으로부터 새어나오는 비밀을 이해하기 위해 끝까지 다툰다. 그 일을 포기하지 않는다. "그래, 다 훔쳐가도 좋아"(같은 시)라고 시인이 말할 때 사용한 '훔치다(voler)'라는 동사를 프랑스 사람들은 '날다(voler)'

라는 의미로도 받아들인다고 한다. 그래, 다 날아가도 좋다.
오늘 우리에게는, 우리가 생각지도 못한 방향 어딘가로 흘
러가는 말들에 힘이 있다고 믿는 시집이 전해졌다. 그리고
이 '말들'의 자리에 시인은 슬그머니 '삶'이란 글자를 올려
두기도 할 것 같다. 그게 참 좋은 것 같다.

梁景彦 | 문학평론가

"도와주세요. 엄마를 잃어버렸어요." 새벽 두세시쯤, 잠결에 아이 목소리를 듣고 눈이 번쩍 뜨였다. 잘못 들었나. 창을 열고 밖을 내다볼까. 잠시 고민하는 사이 엄마를 잃어버렸다는 아이 목소리가 한번 더 들려왔고 누군가 밖으로 나가 아이를 데려가는 기척이 들렸다. 다행이라고 생각하면서도 섬뜩했다. 아이는 왜 하필 그 야심한 밤에 엄마를 잃어버린 걸까. 아니, 아이가 정말 존재하긴 하는 걸까. 사람들에게 간밤 일을 이야기하자 모두들 공포에 질린 눈으로 나를 보았다. 가위눌린 게 분명하다고 했다.

한달쯤 뒤에 나는 이 미스터리의 답을 찾았다. 어느 저녁, 목소리를 다시 들은 거였다. "엄마 보고 싶어"라는 말을 수십번 반복하며 서럽게 우는 아이의 목소리. 나는 집 안의 모든 소리를 차단한 채 목소리의 출처를 찾았다. 맞은편 주택 3층이었다. 창에는 두 사람의 실루엣이 비쳤다. 우는 아이를 달래며 옷을 갈아입히는 중인 듯했다. 아이와 함께 있는 이가 누구인지는 알 수 없으나 그는 결코 아이를 다그치지 않왔고 조곤조곤 속삭이며 옷을 벗기고 입혔다. 그 장면을 오래도록 바라보았다. 모르는 게 맞고 알 수도 없을 테지만 알 것 같았다. 아이의 엄마는 돌아오지 않을 거라는, 혹여 오더라도 아주아주 긴 시간이 필요할 거라는 서글픈 직감이었다.

그러나 아이에게 그렇게 말할 수는 없을 것이다. 대신 아이의 손을 잡고 언덕을 오르는 상상을 한다. 여름 언덕을 오르면 선선한 바람이 불고 머리칼이 흩날린단다. 이 언덕엔 마음을 기댈 풀 한포기 나무 한그루 없지만 그래도 우린 충분히 흔들릴 수 있지. 많은 말들이 떠올랐다 가라앉는 동안 세상은 조금도 변하지 않은 것 같고 억겹의 시간이 흐른 것도 같다. 울지 않았는데도 언덕을 내려왔을 땐 충분히 운 것 같은 느낌도 들고.

이 시집이 당신에게도 그런 언덕이 되어주기를. 나는 평생 이런 노래밖에는 부르지 못할 것이고, 이제 나는 그것이 조금도 슬프지 않다.

2020년 7월
안희연

창비시선 446

여름 언덕에서 배운 것

초판 1쇄 발행 / 2020년 7월 24일
초판 31쇄 발행 / 2025년 1월 23일

지은이 / 안희연
펴낸이 / 염종선
책임편집 / 박지영 박문수
조판 / 한향림
펴낸곳 / (주)창비
등록 / 1986년 8월 5일 제85호
주소 / 10881 경기도 파주시 회동길 184
전화 / 031-955-3333
팩시밀리 / 영업 031-955-3399 편집 031-955-3400
홈페이지 / www.changbi.com
전자우편 / lit@changbi.com

ⓒ 안희연 2020
ISBN 978-89-364-2446-6 03810